不翼而飞的宝藏

[奥]贝琳达/著
[德]克里斯托弗·克拉森/绘
王子彬　陈贝佳/译

天津出版传媒集团
新蕾出版社

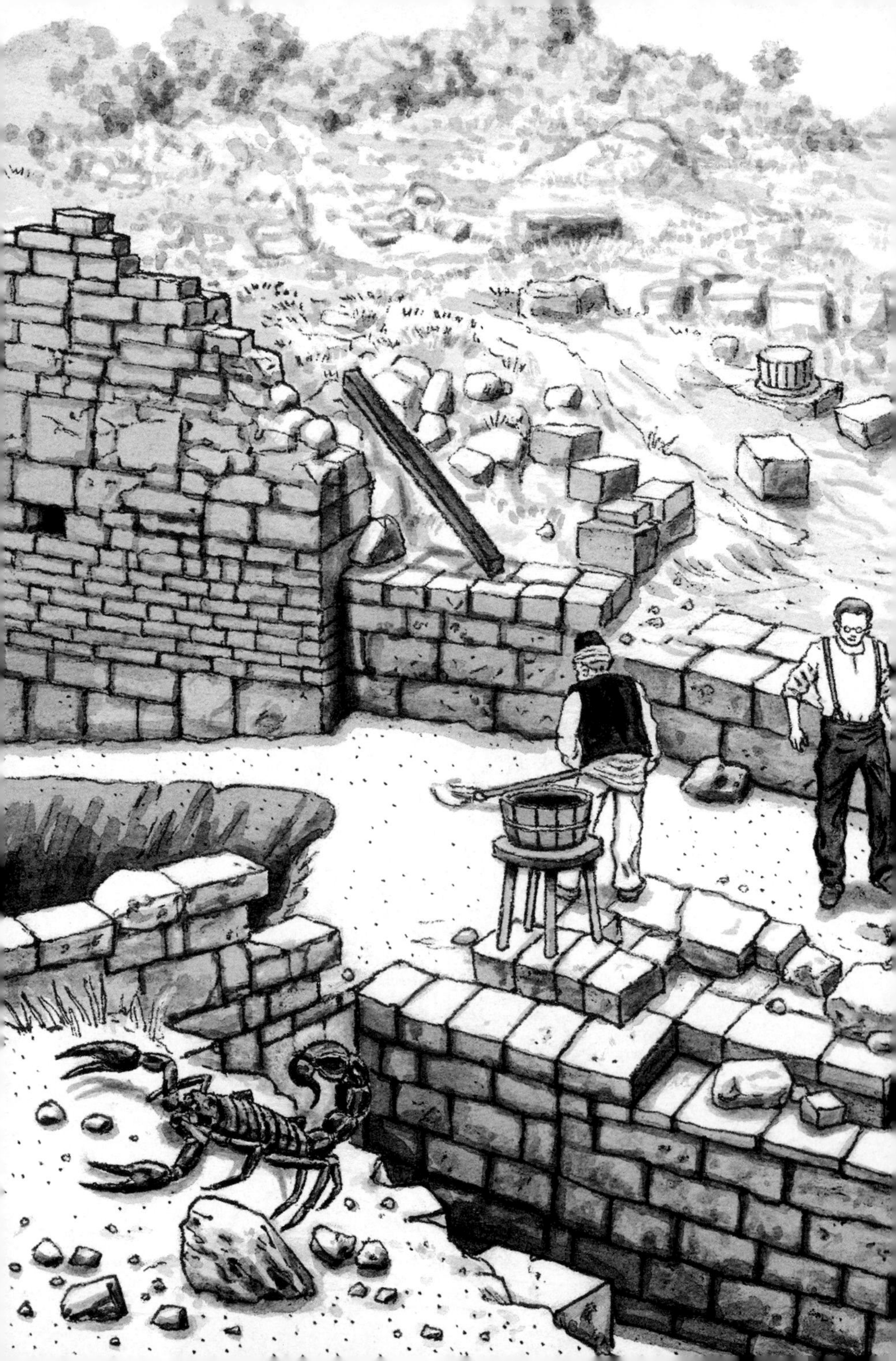

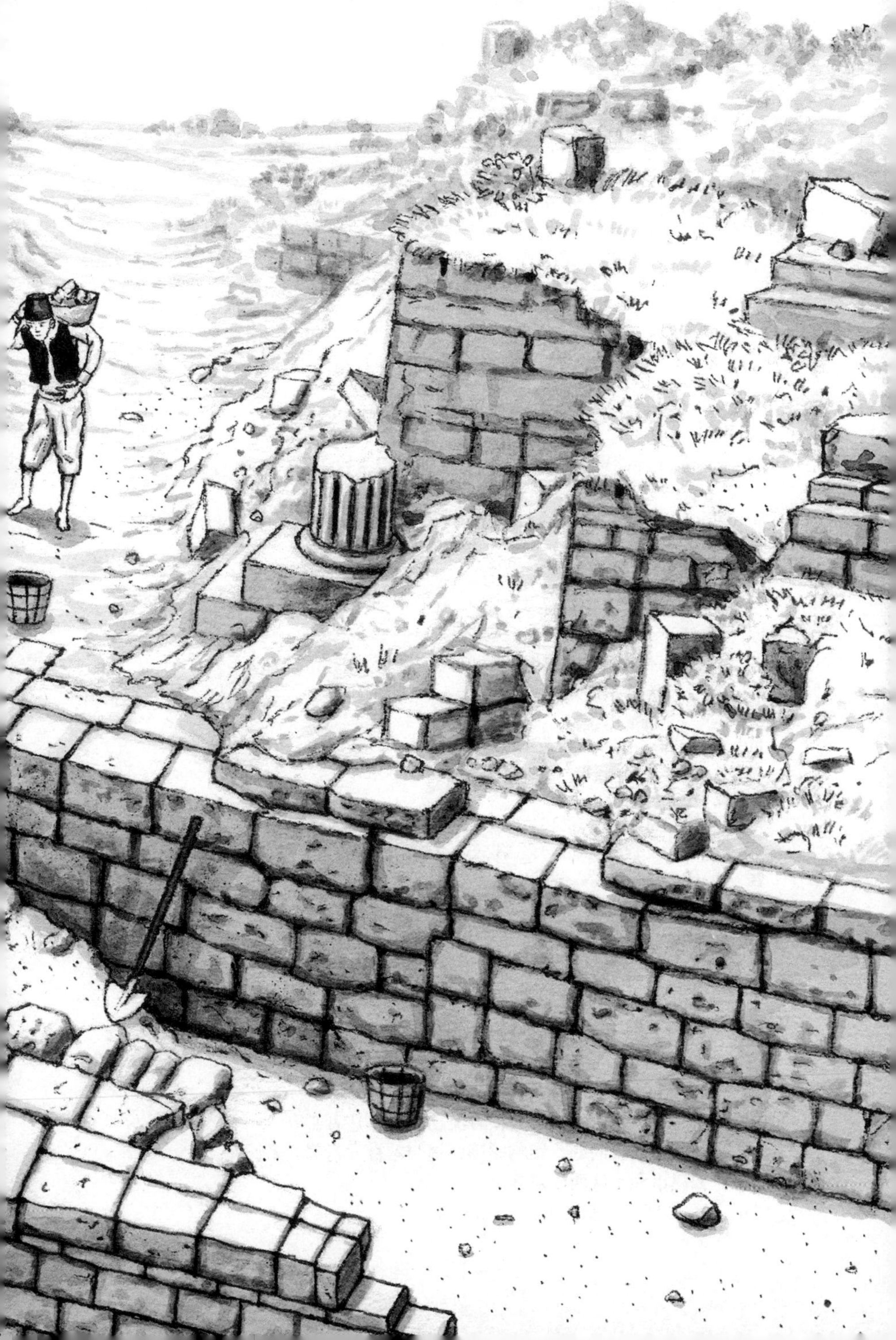

图书在版编目(CIP)数据

不翼而飞的宝藏/(奥)贝琳达著;(德)克里斯托弗·克拉森绘;王子彬,陈贝佳译. -- 天津:新蕾出版社,2023.7(2024.3重印)
(大科学家和小侦探)
ISBN 978-7-5307-7517-2

Ⅰ.①不… Ⅱ.①贝… ②克… ③王… ④陈… Ⅲ.①儿童小说-侦探小说-奥地利-现代 Ⅳ.①I521.84

中国国家版本馆CIP数据核字(2023)第031868号

Title of the original German Edition: Der Fluch von Troja (Heinrich Schliemann)
© 2010 Loewe Verlag GmbH, Bindlach
Simplified Chinese translation copyright © 2023 by New Buds Publishing House (Tianjin) Limited Company
ALL RIGHTS RESERVED
津图登字:02-2022-039

书　　名:	不翼而飞的宝藏　BUYI'ERFEI DE BAOZANG
出版发行:	天津出版传媒集团 新蕾出版社 http://www.newbuds.com.cn
地　　址:	天津市和平区西康路35号(300051)
出 版 人:	马玉秀
电　　话:	总编办(022)23332422 发行部(022)23332351　23332677
传　　真:	(022)23332422
经　　销:	全国新华书店
印　　刷:	天津新华印务有限公司
开　　本:	880mm×1230mm　1/32
字　　数:	48千字
印　　张:	4.5
版　　次:	2023年7月第1版　2024年3月第2次印刷
定　　价:	26.80元

著作权所有,请勿擅用本书制作各类出版物,违者必究。
如发现印、装质量问题,影响阅读,请与本社发行部联系调换。
地址: 天津市和平区西康路35号
电话:(022)23332351　邮编:300051

目 录

一 小偷儿成患的遗迹/1

二 金子/17

三 秘密/31

四 我们该相信谁/44

五 灾难/52

六 一筹莫展/64

七 暗夜追踪/73

八 失而复得/86

九 快跑/96

十 力挽狂澜/107

答案/120

海因里希·施里曼生平大事年表/124

海因里希·施里曼——一生传奇的考古学家/127

普里阿摩斯宝藏/132

荷马与特洛伊战争/133

一
小偷儿成患的遗迹

"施里曼，你看我们今天挖到了什么好东西！"索菲娅高喊着，一路小跑来到丈夫面前。她的手里拿着两个钟形青铜杯，杯身在阳光下闪着耀眼的光。

"你这两个杯子可比不了我给你的惊喜。喏，这两个小家伙今天下午坐罗加船长的船到了。"海因里希·施里曼一边笑着，一边指了指站在一旁的尼科和艾米。

"姨妈要来亲你了哟！"艾米冲尼科小声调侃道。她太了解自己这个双胞胎弟弟了，没有什么比热情的亲吻更让他感到不舒服的了，即便亲

他的是索菲娅这么漂亮的姨妈。正如艾米所料，尼科想要躲开，但索菲娅一把将他搂住，在他脸上温柔一吻。

不翼而飞的宝藏

艾米咯咯地笑了起来,尼科没好气儿地瞪了她一眼,但她毫不在意,转身给了姨妈一个大大的拥抱。

"真高兴你们能来这儿!我已经开始憧憬未来几周的美好时光了!"索菲娅兴奋地说。她的小女儿住在遥远的雅典,所以她非常期待有眼前这两个孩子陪伴的生活,即使只有短短几周。

"但是,在发掘现场可得小心!那些城墙不怎么牢固,随时都可能倒塌。你们脚下的地面也可能随时塌陷。还要小心蝎子和其他有毒的昆虫。对了,别忘了每天早上吃奎宁①,那可以预防疟疾②。我可不想你俩出事!"施里曼不厌其烦地补充了一番。他严肃地盯着艾米和尼科,好让他们明白事态的严重性。

---
①奎宁,一种从金鸡纳树等植物的皮中提制出来的药物,可以用来治疗疟疾。
②疟疾,也叫"冷热病",一种急性传染病,由蚊子传播,周期性发作。

尼科和艾米乖巧地点了点头，可一等姨夫转过身去检查新出土的文物，两人就调皮地对视一眼，咧嘴笑了起来。这里可是埋有宝藏的神秘探险地呀！一点儿昆虫算什么？在希腊的家里也有。更棒的是，接下来几周他们都可以在这里尽情探索，一定好玩儿极了！

"我去把文物放到屋里，你带他俩逛逛特洛伊遗址吧！"索菲娅说着离开了，留给他们一个

不翼而飞的宝藏

灿烂的微笑。

艾米和尼科马上兴奋起来，不停地催促施里曼赶紧出发。太阳高高地挂在空中，酷热笼罩着特洛阿德①。工人们早晨还有说有笑，这会儿都热得满脸通红，一言不发。他们中的一些人负责清除遗迹上的沙石、泥土，另一些人则负责把这些沙石、泥土装到手推车上运走。

"工人真多呀！"艾米感叹道。

"我还嫌少呢！"施里曼叹了口气，"很多工人都跑去给一个来自士麦那②的商人打工了，他给的钱更多。听说工作内容是挖甘草③，然后熬制甘草汁。"

甘草！艾米和尼科交换了一个眼神，并不约

---

①特洛阿德，一个古老的王国，其都城是特洛伊。
②士麦那，一座历史名城，传说荷马曾在这里生活，现在名为伊兹密尔，是土耳其第三大城市。
③甘草，一种草本植物，常被用来制作甘草糖。不同国家的甘草糖的味道差异较大，有的是甜的，有的是咸的。

而同地咽了咽口水。当他们继续沿着山丘向上走时,尼科满脑子都在想:要用多少甘草才能做出一根美味的甘草棒呢?想到这儿,他的肚子咕咕叫了起来。

"哎呀,你们一定饿极了!再坚持一下,很快就到晚饭时间了。"施里曼微笑着说。说完,他抬手指向前方,介绍道:"我们马上就到国王大道了。瞧那些大方石,打磨得多精细呀!特洛伊国

王和王后就是从这里驱车前往斯坎门①的。历史沉睡在我们脚下!"

他们漫步在宽阔的大道上,施里曼完全沉浸在对特洛伊的想象之中。巨大的石墙在他们身边延伸开来,尼科感觉自己仿佛置身于一座迷宫中,而"迷宫"的尽头就是那著名的斯坎门。

---

①斯坎门,一处遗址。对施里曼而言,发现斯坎门,意味着他找到了特洛伊曾经存在的证据。特洛伊遗址证明了荷马笔下的王国确实存在,而非虚构。

艾米的注意力则完全在另一件事情上。大道两边的石墙上每隔几米就挂着一幅耶稣像,十分醒目。"为什么这儿有这么多耶稣像啊?"她忍不住问道。

施里曼的脸色沉了下来,他皱着眉头回答道:"工人们简直像老鼠一样,天天偷东西!他们会把贵重的文物偷出去,熔成金块卖钱,有时甚

不翼而飞的宝藏

至会把城墙的砖石偷回家盖房子,反正没有一天消停!"说到这儿,他就气不打一处来。他指了指墙上的耶稣像,接着说:"这些耶稣像就是要告诉他们,耶稣无处不在,任何小偷小摸都逃不过他的法眼。"

"那工人们肯定就不敢偷东西了吧?"尼科好奇地问。

施里曼摇摇头,叹了口气,说:"唉,可惜并没有什么效果。不想这些扫兴的事情了……"他把目光转向斯坎门,继续说:"你们看!美丽的海伦就是站在那上面眺望辽阔的大海的。当初,特洛伊和斯巴达这两方的军队剑拔弩张,一场大战能否避免,就要看两军阵前的谈判了。"

他的声音听起来非常严肃,尼科和艾米都不禁屏住呼吸。他们穿过大门走向王宫,竟恍惚觉得世间最美的海伦就站在那座城门之上。

"我叫它王宫,因为我相信这座建筑就是普里阿摩斯①的宫殿。我们在这里发掘出了光彩夺目的棕色花瓶,上面绘有特洛伊的守护女神——雅典娜。特洛伊木马肯定就是在这里被打开的。"施里曼沉醉在自己的世界里继续讲道。

尼科和艾米对这个故事再熟悉不过了。特洛伊的王子帕里斯来到希腊的斯巴达后,对绝世美人海伦一见钟情,将其带回了特洛伊,因此引发了希腊联军与特洛伊长达十年的战争。希腊联军攻打特洛伊九年都无果,第十年时,他们突然撤退,特洛伊人以为自己胜利了,打开城门却发现空无一人,只有一个巨大的木马。他们将这个大木马作为战利品运回了城中。但没想到,夜深人静时,藏在木马腹中的希腊士兵打开了城门,将埋伏在城外的希腊联军放入城中。一夜之

---

①普里阿摩斯,特洛伊的国王。

间,特洛伊化为废墟。

艾米偷偷瞧了瞧沉浸在遗迹中无法自拔的姨父,她现在可以更好地理解为什么他和索菲娅

姨妈对考古如此痴迷了。

"再有几周,这里的发掘工作就到收尾阶段了,我觉得很难再有新的发现。今天就到这儿吧,艾米,你听,尼科的肚子又在抗议了。"施里曼说着,朝尼科笑了笑。

尽管夏天的烈日把尼科晒得黝黑,但还是能看出他此刻脸颊通红。他有些不好意思,低头看着脚下,恨不得找个地缝钻进去。艾米笑着戳了戳他的肩膀,然后三人加快脚步返回了住所。

"真漂亮!"艾米一进门就大声赞叹,尼科也被眼前的景象所震撼,不住地点头。屋里陈列着各式各样精美的铜质花瓶、酒杯和罐子,它们在夕阳的照耀下如流金一般光彩熠熠。

"这些都是今天新出土的,有四个花瓶、三盏酒杯、五只碗、两枚戒指、三只青铜手镯和五条项链。"索菲娅站在露台上,指着身边的文物

不翼而飞的宝藏

一一介绍道。

"等下有个人要来,他叫阿明,是土耳其政府的官员。我们之所以能在这里发掘古物,是因为和土耳其政府约定好了将出土文物的三分之

一上交给他们,而阿明的工作就是检查与登记文物,确保最后数目对得上。"施里曼对两个孩子说,"这个人非常难缠。"

这时,乔治来到了他们身边,他是发掘现场的总监工。由于长期风吹日晒,他的皮肤粗糙得像干枯的老树皮。听了施里曼的话,他不屑地咧嘴一笑,露出如珍珠般洁白的牙齿。

不一会儿,阿明和他年轻的同事梅米特到了,施里曼默默叹了口气,索菲娅也皱起了眉头。由于工作的需要,这两个土耳其人都能讲一口流利的希腊语,但时不时也会蹦出土耳其语,尤其是当阿明情绪激动的时候。不过这会儿他心情不错,正开心地低头检视新出土的文物。

"真的只有这些吗?还是又把什么好东西藏起来了?"他意有所指地问道,一双近乎墨色的眼睛死死盯着施里曼。施里曼暗叹一声,上前一

不翼而飞的宝藏

步,陷入了和这名官员无休止的争辩之中。

"项链就这五条,戒指也只有两枚,要我说多少遍?!"施里曼的嗓门儿渐渐大了起来。但阿明扫了一眼露台上摆放的文物,还是一口咬定少了些什么。

尼科仔细看了看,一把将艾米拉到身边,在她耳边悄声说:"真有东西不见了。"

什么东西不见了?

二 金 子

艾米来回扫视了几遍今天新出土的文物。片刻之后,她惊讶得屏住了呼吸。尼科是对的!有三只青铜手镯不见了!

"我们得赶紧告诉姨父!"她压低声音对尼科说。

尼科不动声色地点了点头,一转身抓住姨父的手臂,想要提醒他。但施里曼正全神贯注地跟阿明争辩,根本无暇顾及他。

就在这时,艾米用余光扫到梅米特正要悄悄溜走,一只手还奇怪地背在身后。她定睛一看,发现他手里有什么东西。

是青铜手镯！梅米特想要把青铜手镯藏在他宽松的衬衣下面！

"小偷儿！"她脱口而出。

大家的目光唰地一下都集中在了她的身上，艾米激动地抬手指向梅米特。

梅米特吓得一哆嗦，青铜手镯掉在了地上，有一只还叮当作响地滚到了阿明的脚边。只有一瞬间的愣神儿，梅米特很快平复下来，恶狠狠地盯着艾米。

"我只是想仔细看看这些青铜手镯，仅此而已！"梅米特激动地辩解着，目光恳切地望向阿明。

阿明捡起脚边的那只青铜手镯，看起来犹豫了一下，但最终还是选择相信自己的同事。他严肃地点了点头，说："梅米特绝对不会偷东西的，绝对不会！"

施里曼自然不会轻信梅米特。他脸上带着怀疑的神色，迅速捡起另外两只青铜手镯，把它们放回到其他文物旁边。

　　"好了，现在都弄清楚了吧？拿走你们那份，我们要吃饭了！"他转过身，对阿明他们下了逐客令。阿明立即叫上梅米特，开始详细登记文

物信息。此时,远处的钟声悠然响起,宣告了一天工作的结束。

工人们听到钟声,开始了收尾工作。一些人把马车解套,另一些人把铁锹和手推车清理干净,然后他们三五成群地离开了发掘现场。喧闹的山丘慢慢恢复了平静,尼科和艾米却依然心潮澎湃。

"我们刚才把小偷儿抓了个正着,他休想逃过我的眼睛!"艾米低声对尼科说。尼科拼命地点头。就在这时,他的肚子又不争气地叫了起来。这也难怪,谁让旁边石屋中飘来阵阵扑鼻的香味儿呢!这间唯一的石屋是施里曼特意让工人建的。因为要用作厨房,所以他坚持要用石头搭建。如果让厨子用明火在木棚里做饭,发生了火灾可不得了!

恰好这时,施里曼手下的厨子兼出纳米克

不翼而飞的宝藏

走了进来,艾米的注意力一下子就被他吸引了过去。听闻今天有新出土的文物,米克开心得眉飞色舞。

跟在米克身后的是一位年轻的艺术家——波利,他在施里曼手下负责所有文物的绘制和整理归档工作。他对新出土的文物同样兴致盎然。一同进屋的还有在厨房里打下手的雅尼斯,他也听得全神贯注。

"这么多文物,明天我可有的画了!"波利抱怨了一句,可他的眼睛里明明闪烁着兴奋的光芒。

夜色越来越深,屋里的气氛却愈加热烈。尼科的肚子已经

撑得圆滚滚了，但他还是忍不住偷偷拿了一块蜂蜜蛋糕。

"小伙子，你的胃到底有多大呀？"雅尼斯忍了半天，笑着问道。尼科的脸羞得通红，但他还是飞快地把最后一口蛋糕塞进了嘴里。雅尼斯被逗得哈哈大笑，其他人也跟着笑了起来。尼科暗下决心，后面几天吃饭时要收敛一点儿，但他自己也知道，这太难做到了。

晚饭后，雅尼斯给大家讲起了笑话，众人被逗得前仰后合。施里曼则来到自己的办公桌前，开始写当天的笔记。他专注地记录下这一天发掘工作中的每个细节，以至于当罗加船长第一个告别离开时，他都浑然不觉。

下午坐船来的时候，艾米就注意到了这位瘦高的船长，因为他看起来有些孤僻。他很少笑，似乎总是在沉思，但这并不影响他待人谦逊有

不翼而飞的宝藏

礼。罗加船长微微点头,算是跟大家告别,然后走进了紧挨厨房的卧室。

过了一会儿,艾米忍不住打了个哈欠,而满肚子装着茄泥、面包、橄榄和蜂蜜蛋糕的尼科也昏昏欲睡。索菲娅赶忙招呼他们去睡觉。上床后,尼科趁着白天的兴奋劲儿还没退,饶有兴致地倾听起静谧夜晚里的各种声响。

"外面有奇怪的声音,你听到没?"他小声问姐姐。

艾米此时正舒舒服服地躺在被窝里，侧耳一听，远处的蛙鸣此起彼伏，中间夹杂着一两声猫头鹰的可怕啼叫，还有沼泽深处的蟾蜍的鸣唱。

"嗯，听着有点儿恐怖。"艾米轻声说，但转眼就睡着了。尼科却做了一晚上噩梦。他第二天早晨醒来时，感觉自己跟熬了通宵一样疲惫。

早饭时，尼科的上下眼皮直打架。漫长的旅途、新奇的事物、迅速破解的盗窃案，还有夜晚可怕的叫声，这一切使他筋疲力尽。不过这也让他更有理由抓起一个又一个热气腾腾、新鲜出炉的面包，美美地享用起来。

"让我看看，大胃王又登场啦！"雅尼斯笑着坐在了姐弟俩旁边，也伸手去拿面包和蜂蜜。

"说说看，你们俩今天有什么打算？"施里曼一进门就问道。他脸颊有些泛红，头发湿漉漉的，一看就是刚游完泳回来，这是他每天早晨的

不翼而飞的宝藏

例行安排。

"我们想陪您去挖文物!"艾米满脸期待地提议。一听这话,尼科精神一振,困意全无。

"发掘现场非常危险,甚至墙壁都可能会坍塌。那可不是小孩子玩耍的地方!"犹豫了一下,施里曼还是开口拒绝了他们。

"我们一定会小心的!"艾米拼命保证,同时向姨父和姨妈抛去了一个楚楚可怜的眼神。这是她的"必杀技",屡试不爽。果然,不一会儿,他们就带着小铁锹,跟在姨父和姨妈的身后去了发掘现场,而且就在王宫旁边!

"后退一点儿。护城墙底下的是红色硬石粉,所以墙不是很牢固,别倒了砸到你们。"施里曼向艾米和尼科嘱咐道。而这两个小家伙正在一旁入迷地盯着姨父和姨妈,看他们如何小心翼翼地用刀片轻刮石块,让里面的文物显露出来,

同时又不损坏它们。

突然,施里曼停了下来,他挖到了什么东西!

"是什么?铜器吗?"他的妻子小声问道。

他将那样东西轻轻拿了出来,身体向前倾,仔细看了看,激动地喊道:"金子!是金子!"

索菲娅立刻来到他的身边,俯身蹲下查看。艾米和尼科费了半天劲儿,才克制住自己,没有

冲上前去。

"姨父挖到了金子?"艾米疑惑地望向尼科。

"没错,这是黄金!快,索菲娅!快打发工人去休息,千万别让他们知道我们发现了什么!"

索菲娅赶忙去招呼工人们停工。艾米和尼科隔老远就听见她喊:"休息啦!休息啦!"

工人们喜出望外,纷纷把铁锹丢在一边,找个阴凉儿休息去了,完全没心思注意施里曼夫妇在忙什么。

"我现在把宝藏挖出来,你们把它们带回住处。小心别让人看到!"施里曼压低声音说,随即便开始小心翼翼地发掘这批沉睡了数千年的宝藏。

很快,一件又一件精美的文物被发掘出来。索菲娅赶忙用裙摆裹起它们,让一旁的艾米和尼

科也来帮忙,然后三个人一起悄悄溜回了木屋。

艾米很快便记不清自己来来回回跑了多少趟,更数不清自己运送了多少件奇珍异宝回木屋,这批宝藏简直无穷无尽。最后,索菲娅让两个孩子在屋里看着宝藏,自己再一次折回了丈夫那里。

尼科用手轻轻摸了摸那些黄金打造的项链、戒指和手镯,刚要开口说些什么,就看到艾米示

不翼而飞的宝藏

意他别出声。紧接着,她像小猫一样,嗖的一声蹿到门口,刚好看到有个人在屋子拐角处一闪而过。由于逆光,她没能辨认出那是谁。

"有人偷看我们!"艾米惊恐地说。然后她眼睛一亮,恍然大悟道:"我知道那是谁了。"

偷看的人是谁？

三 秘密

"是梅米特！他昨天才信誓旦旦地说没想偷东西，阿明也替他担保，可他今天就来偷看！阿明是个严格执法的人，按理说他不会包庇一个小偷儿，对吧？"艾米不自信地推测道。

"也许他并没有偷看，只是恰巧路过？"尼科提出了另一种可能。

艾米摇了摇头，咬着下嘴唇仔细回想了一下。

"不可能！我看到他从露台上跑了过去，他绝对从窗户偷看了！"

"那我们得赶紧告诉姨父。"看到姐姐这么

肯定，尼科也不再反驳。最后，姐弟俩决定由尼科去通知姨父，艾米则留在屋内，以防有人进来发现宝藏。

当尼科跳进发掘宝藏的大坑里时，施里曼被吓得一哆嗦，索菲娅也差点儿把满手的金项链、金戒指丢到地上。

"你吓我们一跳！"索菲娅低声嗔怪，接着又补充道，"宝藏太多了，可能还需要一整天，才能全部发掘出土。"

尼科不好意思地吐了吐舌头，刚要提梅米特的事情，却发现姨父已经又沉浸在工作中了。

"你们能帮忙留意阿明吗？别让他发现这里。"索菲娅一边说，一边把更多金饰包进自己的裙摆里。

要不要打断姨父的工作呢？尼科一时拿不定主意，但他知道，眼下有更重要的事情，那就

不翼而飞的宝藏

是阻止阿明接近发掘现场和藏有宝藏的木屋。于是,他又急忙赶回姐姐身边。艾米坐在屋里,机警地瞪大双眼,来回扫视着大门和窗户。

尼科把最新任务告诉了姐姐。经过一番商议,姐弟俩决定,由弟弟去分散阿明的注意力,姐姐则继续看守宝藏。尼科马不停蹄地出发了,找到阿明后,他一整天都黏着他,努力用各种各样的问题拖住他:"文物会运送到土耳其哪里呀?会展出吗?您的文物清单是怎么列的呀……"问题简直层出不穷。

"小子,你的问题太多了,搞得我没办法工作!"阿明终于忍不住责备了他两句,而此时,今天的发掘工作已经接近尾声。落日的余晖洒在特洛伊遗址的残垣断壁上,尼科刚想再编个问题,就看到姨妈在不远处冲自己招手。任务终于完成了!他如释重负,礼貌地和阿明告别后,转

身向住处走去,心里不停祷告,希望阿明没有察觉到异样!这位土耳其官员望着尼科的背影,无奈地摇了摇头。

尼科嗖的一声钻进屋里,看到艾米已经放松下来。姨父和姨妈都回来了,她不必再紧绷着神经。

施里曼此刻完全沉浸在金光闪闪的宝藏里,他挑了其中最美的一件,戴到了妻子的头上。这是一顶硕大的王冠,由数不清的金丝编制而成,精妙绝伦。

"你看起来就像那个'世上最美的女人'——海伦。"施里曼深情地望着妻子。

索菲娅的脸上泛起

不翼而飞的宝藏

了好看的红晕,衬得她更加美丽动人。她小心地摘下王冠,将它和其他文物重新摆到一起。"我们得再找些帮手,就凭我们四个根本无法保护这批宝藏。"她忧心忡忡地说。

"而且我们必须把宝藏运出土耳其。这批宝藏太珍贵了,它们决不能被拆分。因此,无论如何都不能让阿明听到半点儿风声。"施里曼补充道。

"我觉得,波利、罗加船长和乔治是可以信赖的。至于雅尼斯,我暂时不想告诉他,他可是个大嘴巴。"索菲娅做出了最终决定,然后赶忙出门去召集这些人。

大家很快聚到了木屋,瞬间被眼前的宝藏惊呆了。波利俯身跪下,如痴如醉地盯着这些金光闪闪的宝藏,乔治则深深吸了口气,罗加船长更是呆若木鸡。

"这些宝藏,每一件都要详细地做好记录。"施里曼打破了平静。

波利默不作声地点了点头,马上开始绘制第一批草图。毫无疑问,王冠是他的首选"模特儿"。"它太美了!"他一边小声赞叹,一边拿起纸笔开始作画。

不翼而飞的宝藏

另一边,罗加船长和乔治开始商量宝藏外运的第一步——如何将它们从木屋搬到船上。施里曼正在考虑将宝藏运往哪个国家,他的妻子则在琢磨更为实际的问题——眼下要把它们藏在哪里。

"还是藏在床下好了,这样方便看管。"索菲娅决定。于是,她让尼科和艾米帮自己将王冠包裹起来,然后藏到了床下的盒子里。等他们忙完,波利已经完成了第一批草图的绘制。王冠的每处细节都被细腻地画了下来,单单是看图就已经美得让人着迷。

"我会把这些草图也放进盒子里,藏到床下。千万不要让任何人知道!"施里曼严肃地警告道,随后便催促大家快去休息。忙活了一天,所有人都筋疲力尽,可直到躺在床上,大家的精神依然异常亢奋。

第二天，大家的兴奋之情丝毫未减。施里曼近乎痴迷地研究起这些文物。没过多久，他便确信，自己找到的是普里阿摩斯的宝藏。他的妻子也深以为然，一同分享着他的狂喜与感动。

"全世界将会为此而震撼！"索菲娅一遍遍地低声念叨，然后急忙冲回发掘现场，仔细检查有无遗漏。

阿明一直满腹狐疑地在屋子周围溜达，但乔治每次都能找到新的借口分散他的注意力。

尼科和艾米此刻正抻着脖子，隔着波利的肩膀看他作画，时不时赞叹他精湛的画技。

"好了，你俩现在可以把这张草图也放到盒子里了。"波利说着，把刚画好的图递给了姐弟俩。

尼科从床下抽出木盒。突然，他惊呼道："王冠的草图不见了！"

不翼而飞的宝藏

艾米赶忙在他身边蹲下,仔仔细细地在盒子里翻找了一遍。

"没错,真的不见了。"她确认道,然后转身问波利,"你把它拿出来了吗?"波利眉头紧锁地摇了摇头,在桌上的草稿纸里翻找起来。

尼科则拉着艾米来到了外面。

"你和我想的一样吗?"他盯着姐姐问道。

艾米默默点了点头。

"如果已经有外人知道了宝藏的存在,该怎么办?如果这个人偷草图是为了给买家看,又该怎么办?"

"那他之后肯定会来偷王冠。"尼科顺着姐姐的思路答道。

接着,姐弟俩对视了一眼,心有灵犀地同声惊呼道:"梅米特!"

"一定是他!他之前偷看到我们带宝藏回来,然后告诉了阿明。他们肯定想从中分一杯羹。为了证明宝藏的存在,他们才偷了草图!"尼科压低声音说。

"我们得马上告诉姨父,他必须知道这些事情了!"艾米说。

"等等,让我先找找梅米特在哪儿。"尼科叫住姐姐。他想,也许在告诉姨父之前,可以先收集些证据。艾米冲他会心一笑。一如往常,双胞胎的默契不需要任何言语。

事实证明,梅米特并不难找。没过多久,姐

弟俩就在石屋的餐桌旁找到了他。两人冲进门时,梅米特正把一块面包浸到芝麻油里。看到这对双胞胎,梅米特厌烦地将他的宽边遮阳帽拉低,继续埋头吃饭。

"哟,你不会又饿了吧?你今天早晨吃的可相当于一个工人三天的饭量呢!"雅尼斯在灶台旁打趣地说。他正在煎松饼,和尼科他俩打了声招呼,就继续忙活了。尼科刚想开口和梅米特说些什么,却见他突然起身,把盘子放进洗碗池里就匆匆出门了。

"倒也没什么异常。"艾米嘀咕道。

但尼科注意到,地上有一抹白色。是一张纸条!他飞快地将它捡起来塞进口袋里,拉着艾米跑了出去。

确定周围没人后,尼科迫不及待地打开了纸条。

纸条上写着什么？

四 我们该相信谁

"王冠价值连城。"尼科低声念了出来。他瞪大眼睛,抬头望向姐姐。艾米双手叉腰,似是下定了某种决心。

"这已经不是我们能处理的了,必须马上告诉姨父!"

当姐弟俩找到施里曼时,他正和一群工人兴奋地围观着新出土的文物。他俯下身,捡起一个小瓮,小心翼翼地把里面的东西倒在地上。

"这是什么?"艾米凑近问道。

"蛇角,"施里曼耐心地解释道,"它被视作幸运物。这里的人们相信,单是摸一下蛇角便能

不翼而飞的宝藏

治愈疾病;若将它放到牛奶里,牛奶会立即变成奶酪。这些当然都是无稽之谈,可当地人仍然对此坚信不疑。"

像是在印证这种说法似的,工人们开始激烈地争吵起来。每个人都想得到一个蛇角,否则就要罢工。

"这些蛇角属于出土文物,不能纳入私囊!"阿明突然出现。他刚走进人群,只一眼就掌握了现场的状况。

施里曼叹了口气,站起身来,边掸膝盖上的土边说:"我们最好别得罪工人们,现在人手本来就不够。"

阿明刚要开口反驳,施里曼就转过身去,把蛇角分给了工人们。

雅尼斯满眼崇拜地看着施里曼,因为此刻他的手里就有一个。

"也许那些传说并非全是虚假的。"雅尼斯边嘀咕边端详自己的蛇角。尼科注意到,这个蛇角非常特别,它比其他的都要弯,像一把小小的弓。

不翼而飞的宝藏

"雅尼斯,我不知道你居然也这么迷信!"施里曼调侃道。看到工人们的不满情绪已经消退,纷纷回去干活儿了,他终于松了口气。阿明则带着怒气离开了。

这下,艾米等到机会,可以和姨父聊正题了。"王冠的草图不见了!"她开门见山地说。

"我们怀疑它被人偷了!"尼科补充道。

"还有,发现宝藏那天,有人偷窥我们。"艾米紧接着说。

施里曼皱起眉头,仔细听着,然后说:"我们再去问下波利,也许他找到草图了呢!"

"我没有找到。我很确信自己把它放进了盒子里,之后再也没拿出来过。"波利正伏案制图,当三人来找他确认时,他信誓旦旦地保证,"不过我又画了一张新的。王冠实在太美了,它绝对是我们迄今为止最有价值的发现。"

"所以,我们得给它找一个更安全的藏身之所。"索菲娅接过他的话。她已经知晓了事情的来龙去脉,此刻正忧心忡忡。

藏哪里呢?施里曼环顾整个屋子,一时拿不定主意。还是波利提议说:"藏在壁炉里吧。把王冠放在里面,然后堆上木柴,绝对没人能发现,而且也不会有人闲得没事翻木柴。"

不翼而飞的宝藏

大家一致觉得这主意不错。于是,波利赶忙去搬木柴。

出于好奇,尼科来到露台上,想看看波利去哪里取木柴,余光却瞥见了别的动静——窗边有个人影一晃而过!

他既紧张又激动,赶忙招呼艾米过来。

"又有人偷看!"

"你看见是谁了吗?"

尼科摇了摇头。那个人跑得太快了,他只来得及看到个人影。他紧咬下唇沉思半晌,说:"会不会是梅米特?阿明派他来的?毕竟阿明因为蛇角的事情正在气头上呢!"

"走,去找找梅米特在哪儿!"

"我们马上就回来!"尼科冲姨妈喊道,然后跟着艾米跑了出去。他们找遍了整个发掘现场,甚至还去了阿明的帐篷,可连梅米特的影子都没

见着。最后只剩下了厨房,他俩终于在这里得偿所愿。

和昨天一样,梅米特正坐在餐桌旁吃东西,看起来心事重重。他周围坐着的那些工人,正守着餐盘狼吞虎咽。雅尼斯则在灶台边给大家讲笑话,其中一个工人由于笑得太厉害,被面包噎得满脸通红。

"你们两个小家伙怎么来了?不会又饿了吧?"雅尼斯看着尼科问道,调皮地眨了眨眼。

"不,我们来找东西。"尼科有些含糊其词。他拿不准该怎样去试探梅米特。

雅尼斯有些疑惑地扬起了眉毛。

"我们觉得,梅米特可能知道那东西在哪里。"艾米试探着说了一句。

梅米特抬起头,烦躁地看了他们一眼。

"嘿,我不认为你俩在这儿会有收获。"雅尼

不翼而飞的宝藏

斯双臂交叉端在胸前,略带嘲讽地哼了一声,接着说,"波利是个愣头儿青。他之前也会乱放草图,然后就找不到了。真不明白施里曼先生为什么要雇他。"

说完,他转身回到了灶台边。梅米特还是没有说话,只是凶狠地瞪了孩子们一眼,然后就把注意力转回到餐盘上。艾米难以置信地看了看雅尼斯,然后又转头看向尼科,发现他也同样震惊。

是什么让姐弟俩如此震惊?

五 灾难

只需要一个眼神,艾米就知道她的双胞胎弟弟在想同样的事情:我们明明只字未提,雅尼斯是怎么知道草图丢失了的?

这时,工人们陆续用完午餐,纷纷起身把餐盘送进洗碗池,离开石屋继续工作。梅米特也起身离开,而且故意从双胞胎中间挤了过去。雅尼斯则在灶台边轻松地吹起了口哨儿,不时用布擦一擦炉盖的黄铜把手。

当艾米还在琢磨为什么雅尼斯会知道他们在找什么的时候,尼科已经鼓起勇气,径直走向雅尼斯,直截了当地发问:"你怎么知道我们在找

不翼而飞的宝藏

一张草图？"

"这有什么难的？因为波利经常把草图乱扔甚至弄丢，阿明都快被他逼疯了。"雅尼斯耸耸肩，轻描淡写地回答。说完，他把擦黄铜把手的抛光布别进腰带，又拿起一块湿抹布开始擦拭木桌，把尼科和艾米完全晾在了一边。

他俩半信半疑地走出了餐厅。

"要相信他吗？"尼科问，正午的烈日刺得他睁不开眼。

艾米用脚尖踢开路上的碎石子儿，闷着头向前走，过了好一会儿才开口："我不知道。雅尼斯是姨父的得力助手之一，乔治也很信任他。也许，他真的是一下子就想到了草图，毕竟波利是出了名的粗心大意。这也难怪，艺术家都是不拘小节的，姨父不常这么说吗？"

尼科若有所思地点了点头。虽然没有被完

全说服，但这些日子同雅尼斯的接触使他消除了部分疑虑。和阴郁的梅米特不同，雅尼斯总是乐呵呵的，对他们姐弟俩尤其和善。是的，姐姐说得绝对没错，雅尼斯只是和往常一样心直口快，

不翼而飞的宝藏

想到什么就说什么罢了。

当天接下来的时间里,姐弟俩一直在遗址周围找寻草图。施里曼一次又一次地叮嘱他们,要小心发掘坑,远离护城墙。他自己则忙碌在斯坎门和王宫的发掘现场,检查是否有遗漏的宝物。

当夜幕终于降临,那些姐弟俩熟悉的虫鸣蛙叫再次响起时,两个小家伙正沮丧地躺在床上,回想着这毫无进展的一天:草图没找着,小偷儿也没抓到。

他们再怎么冥思苦想都没有结果,不知不觉伴随着猫头鹰和青蛙的鸣叫声沉沉睡去了,做了一晚上令人心烦意乱的梦。

第二天一早,疲惫不堪的他们再次来到发掘现场,继续寻找线索。尼科哈欠连天,刚想说早餐其实自己还能再吃点儿时,就被一声刺耳的尖叫打断了。

"是姨妈!"艾米惊慌地喊道。她快速环视四周,看到姨妈正焦躁地站在露台上,便赶忙跑了过去。尼科紧随其后,一个箭步跨过三级台阶,蹦上了露台,又好奇又担心地望向姨妈,她此刻面色煞白,挥手示意两个孩子进屋。

被尖叫声惊动的还有一些工人,他们好奇地望向这里,施里曼连忙摆手道:"一切正常,大家继续干活儿吧!"

不翼而飞的宝藏

罗加船长、波利和乔治很快闻讯赶来，施里曼迅速把大家带进屋，然后把门反锁。一转身，所有人的目光都集中到了他身上，只有他的妻子在掩面哭泣。

"王冠被偷了！"施里曼用沙哑的嗓音低声说，"我实在想不通，怎么会丢了呢！"他强压怒火，然后转向波利。

"你去哪儿了？屋里至少要留一个人哪！"他质问道。

波利愣了一会儿，才茫然地说："有个工人和我说，你着急见我，我就立刻出去找你了。"

"一定是有人故意要把你引开。"施里曼面色凝重。

"可我临走前把门锁上了呀！"波利暗淡的眼睛里充满了不解。

"是的，但锁被撬了。我回来一看到锁坏了，

就马上意识到出事了。"索菲娅接口道。她的心情平复了一些,此刻正盯着壁炉,壁炉前散落着一堆小偷儿没来得及放回去的木柴。

"只有现在在场的人才知道王冠藏在哪里……"她意有所指地说。

尼科跟艾米交换了一个复杂的眼神,开口道:"可是,我们曾被偷窥过。发现宝藏的那天,我和艾米看到有人从房子旁边跑了过去。之后又发现了一次。"

"那王冠很难再找回来了。"施里曼的声音里透着一种平静的绝望。

"还有希望!王冠不可能这么快就从这里运出去,它太大、太显眼了。小偷儿肯定会等到天黑再行动的。"乔治分析道。

罗加船长若有所思地点了点头,用他一贯平静而深沉的嗓音说:"除了小偷儿,王冠还需要一

不翼而飞的宝藏

个买家,它也可能被熔成金块卖掉。"

"天哪!可千万别!"索菲娅揪心地哀叹道。

现在得赶紧采取行动了。乔治建议把所有工人集合起来进行严格检查,并拜托罗加船长亲自监督。施里曼点了点头,立刻冲到外面,去告知阿明这个最新安排。尼科和艾米紧随其后。

当他们找到阿明时,他正用鹰眼一般锐利的眼睛监督着城墙边的发掘工作。施里曼内心异

常焦躁,以至于连说话的音调都难以控制。

"今天每个工人离开前都要被彻底检查一遍!每个人!"

阿明挑了挑眉毛。"又有东西被偷了?"他问。

"没有。"施里曼简短地回答。但阿明似乎并不相信。他捻着小胡子,用充满怀疑的目光来回扫视着。施里曼无心和他纠缠,通知完便匆匆离去。

不翼而飞的宝藏

"梅米特和雅尼斯去哪儿了?"艾米和尼科站在原地窃窃私语,但还是被阿明听到了。

"我派他们去找那个士麦那的商人了,看能不能要几个工人过来。"他"热心"地回答了一句,说完径直离开了。

"这太奇怪了。他俩都不在,王冠却被偷了。"艾米喃喃道。

"说不定犯人有同谋,而且已经把王冠带出去了。天哪,难道他们见商人是为了卖王冠?"尼科顺着姐姐的思路分析。

他俩对视片刻,然后同时摇了摇头。

"不,王冠太显眼了,它一定还在这里。可问题是,它在哪儿呢?"

艾米有些沮丧地环顾四周,心想:我们真的把每个地方都找过了吗?不过这已经不重要了,肯定要从头再找一次。也许他们真的错过了什

么。

　　姐弟俩漫无目的地在发掘现场转来转去。最后,他们来到了阿明的帐篷前,里面存放着要上交给土耳其政府的文物。此时,阿明并不在帐篷内。

　　"那我们看看也无妨,对吧?"尼科调皮地笑了笑,带着艾米一起溜进了帐篷。等适应了帐篷里昏暗的光线后,尼科一眼就瞥见了某样东西,发出一声惊呼。

尼科发现了什么？

六　一筹莫展

"这不是王冠上的吗?!"尼科压低声音说,同时用手捏起一小块黄金部件。

艾米凑近仔细看了看,也大为吃惊:"还真是!这可奇怪了。这个帐篷只有阿明和梅米特两个人住。现在,所有证据都指向了梅米特。你觉得呢?"

尼科不置可否地耸了耸肩,然后蹲下身,开始在架子下面寻找王冠的其他部件。艾米则决定把帐篷里的文物彻底检查一遍。

那些精美的文物大部分被摆在架子上,只有大件的会被放置在地上,整个帐篷简直就是个大

不翼而飞的宝藏

宝库!艾米小心翼翼地把罐子和花瓶移到一边,架子上的每一个角落都检查到了,可仍然一无所获。

"难道阿明和梅米特是同伙?可阿明执法那么严格,又尽职尽责,我实在无法想象他是一个小偷儿。"艾米说着,把一个沉重的罐子移到旁边,好检查下面有没有王冠的线索。

"我也想象不到。也许他根本不知道王冠的事情,更不知道丢失的王冠被藏在自己的帐篷里。小偷儿选择在这里藏匿王冠,是因为没人敢私闯阿明的住处。"尼科咕哝着,把刚才发现的黄金部件放进了裤子口袋里。

"你们在这里做什么?!"

尼科和艾米吓了一跳,一转身,就看到阿明那张愤怒的脸。他的眼睛里燃烧着怒火,胡子也因盛怒而颤抖着。

"我们来找梅米特。"慌乱下,尼科脱口而出。

阿明甩了甩头:"他不在这里。你们不能进这个帐篷,听到没有?现在赶紧出去,快点儿!"

他一挥手把两人赶出帐篷,自己又转身进去了,嘴里还不停地骂骂咧咧。

尼科扑哧一声笑了出来,艾米也忍俊不禁。

不翼而飞的宝藏

刚才可真的太险了！

"不管怎么说，总算在帐篷里发现了王冠的部件，这说明王冠肯定还没被带出去。可剩下的部件不在帐篷里，又会在哪儿呢？"尼科一边思考，一边将目光投向特洛伊遗址，刺眼的阳光使他不得不眯起眼睛。几组工人正在城墙边发掘，其他人负责把瓦砾和砂石装上手推车运走。城墙边还设有好几处岗哨，哨兵们机警地监视着工

人们的一举一动。

"哨兵们这么敬业,实在很难想象有人能带着王冠从他们眼皮底下溜走。"艾米喃喃道。

他们来到山丘上,尼科恨不得把每块石头都翻过来,好看看王冠是不是藏在下面。这当然是白费力气。

随着午休时间的到来,工人们都去吃饭了。姐弟俩也溜达着往回走,离老远就听到了姨父恼怒的声音。

他们惴惴不安地冲进屋子,发现姨父和姨妈正在情绪激动地交谈。

"又丢东西了!"索菲娅说着,把脸上一缕凌乱的头发拢到耳后。

"宝藏一件接一件地离我们而去!我真搞不懂这是为什么!"施里曼愤怒到了极点,"难道我们这次发掘被诅咒了吗?!不然宝藏怎么会不翼

不翼而飞的宝藏

而飞呢?"

"波利不是在这儿看管宝藏吗?"尼科问道。

施里曼无奈地摇了摇头:"没有,他去给阿明送文物了。门是上了锁的,可窗户没关。小偷儿这次从窗户爬了进来,真是胆大包天!"

"而且咱们谁都没察觉到。"索菲娅姨妈叹了口气。

"这次丢了什么?"艾米眉头紧锁地看着眼前这些金光闪闪的宝藏,它们原本被姨妈用布包得好好的,现在则凌乱地摊在床上。

"少了三个金镯子。太可惜了,它们相当珍贵!"施里曼一边不安地在屋里踱来踱去,一边忧虑地皱着眉头回答道,"我们必须尽快把剩下的宝藏运走。罗加船长向我保证,他的船可以尽快起航。在那之前,我们必须找到王冠!但愿能找到!唉,真是倒霉!"

索菲娅把剩下的文物重新用布包好,藏到地面的一块木板下。

不翼而飞的宝藏

"希望这回小偷儿不会再找到了!"她说完,再三检查地板是否铺好。艾米也凑过来,想试试看自己能否分辨出哪块木板是松动的。就在这时,她的目光落在了地板上一个小小的、绿色的东西上。她好奇地蹲下来,发现那是一株植物,一株特别的植物。

她兴奋地捡起它,举到尼科面前:"看!甘草!"

"这样一来,那两个人可逃脱不了嫌疑了!"尼科也激动地叫了出来。

尼科指的是哪两个人？

72

七
暗夜追踪

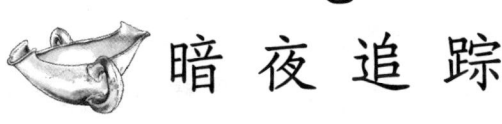

施里曼夫妇一脸困惑地看着尼科和艾米,但很快就得到了解答。

"是这样的。雅尼斯和梅米特今天去找过那个士麦那的商人,而只有他那儿种植着大量甘草。眼前这株一定是不小心沾在了他俩的鞋子或衣服上。"

施里曼严肃地点了点头,不过随即提出了另外一种可能:"不一定是雅尼斯和梅米特,小偷儿也可能不小心沾到那些甘草。"

"这太牵强了。"尼科反驳道。这时,波利走进了屋子,他俩便趁机偷偷溜了出去。

"我敢保证,小偷儿就是梅米特或雅尼斯!"艾米自信满满地说。

"雅尼斯多和善哪,梅米特却整天凶神恶煞的。真希望梅米特才是那个小偷儿。"尼科接口道。

"那如果是他俩合伙作案呢?"在午后热辣辣的阳光的照耀下,艾米若有所思地眯起了眼睛。

这时,有两名工人驾着马车驶来,把当天发掘的文物放到了施里曼家的露台上。忙完后,那两人坐在露台边上小憩。

"我们应该再仔细调查下他俩,"像是怕被那两名工人听到似的,尼科把艾米拉到身边悄声说,"我来跟踪梅米特,你去监视雅尼斯,怎么样?"

艾米点了点头,两人便出发了。雅尼斯并不难找,除了厨房,他还会去哪儿呢?果不其然,

不翼而飞的宝藏

艾米走进石屋时,他正在卖力地刷锅。

"哟,你怎么一个人来啦?平常你和弟弟可是形影不离呢!"雅尼斯咧嘴一笑,吃力地端起一口油乎乎的大铁锅,扔进水盆里。

艾米的脑子飞快地运转着：我该怎么跟他套话呢？

"你对那些宝藏一点儿也不感兴趣吗？"她尽量装作是随口一问。

雅尼斯奇怪地看了她一眼，然后笑着说："我是被雇来当厨子的，不是来寻宝的。"

"可是你拿到蛇角的时候，不也很激动吗？"艾米抓住了破绽，但雅尼斯只是耸了耸肩膀："蛇角早被我弄丢了，也许是工人偷的。你知道的，他们对这种幸运物有多疯狂。好啦，我要继续干活儿了。"

说完，他转身开始刷洗大铁锅。见什么也问不出来，艾米只能放弃。思来想去，她决定先去和弟弟会合。没过多久，她便在发掘现场的一堵城墙的墙边找到了尼科。

"怎么样，有新发现吗？梅米特的形迹是不

是很可疑?"艾米一上来就好奇地问。

尼科摇了摇头。"没有,梅米特一直待在阿明的帐篷里。他们在整理文物清单。我去偷看,结果被发现了,就被他们赶走了。"他抱怨道。

艾米轻咬着下唇,不甘心地想:我们俩忙活了半天,居然一丁点儿进展都没有!

"对了,还有王冠!要是今晚王冠被带出去了可怎么办?"除了抓小偷儿,她突然想到了另一处关键所在。

"也许我们能埋伏起来,伺机把王冠夺回来!"

尼科的眼中又燃起了希望,而艾米则冷静许多:"那我们必须悄无声息地行动,不然肯定会被发现的!"

"那当然!从屋子里溜出去时也要轻手轻脚。要是被姨父和姨妈逮到,肯定没好果子吃。"尼科笑着说。

艾米虽然觉得这个主意不错,但还是有些顾虑,毕竟太危险了!

但是,一旁的尼科已经开始兴奋地制订起计划:首先,他们要早点儿上床,这样别人就会以为他们已经睡了;其次,由于姨父常常整理笔记到很晚,姨妈也会在一旁帮忙,所以他们只能从窗户翻出去,以免被人看到。

"我们可以把两个枕头放在被子里,这样看起来就像咱俩躺在里面。"尼科又想出个鬼点子。

不一会儿,晚饭时间到了。艾米心情忐忑,几乎没怎么吃。尼科则狼吞虎咽,对冒险的期待使他胃口大开。

"我可不想到时候肚子咕咕叫,把我们暴露了。"吃完晚饭回到房间后,尼科笑着调侃自己。太阳已经落山,各种熟悉的鸣叫声再次响起。艾

不翼而飞的宝藏

米透过门缝瞄向姨父和姨妈。非常好,他们两个人正在全神贯注地工作,无暇他顾。她悄无声息地关上门,和尼科一起把被子伪装好。然后,他俩蹑手蹑脚地翻过窗户,走进了夜幕之中。

姐弟俩小心翼翼地贴着墙根往前走,最后在厨房和梅米特的帐篷之间找了个地方藏起来。这里有绝佳的视野,厨房的大门和帐篷的入口都

尽收眼底。

艾米仔仔细细查看过地面后，才在弟弟身边坐下，她可不想一屁股坐在蝎子或者毒蛇上。

"真幸运！今晚是满月，让夜晚不至于漆黑一片。"尼科悄声说。

艾米只是点点头，把披肩裹得更紧了。这是什么破天气？白天明明那么热，晚上却这么冷。她颤抖着贴紧尼科。

"嘘！有动静！"尼科打了个手势，睁大眼睛循声看去。

艾米先看到了那个人——梅米特！他偷偷溜出帐篷，向发掘现场走去，胳膊下夹着一件挺大的东西。那东西被布包裹着，只有一小部分露在外面。艾米当即认出那是王冠。

尼科也认了出来。是的，是王冠！尼科示意艾米跟在自己身后，艾米点点头，站起身来。

梅米特不时鬼鬼祟祟地环顾四周,脚步越来越快。他径直奔向一个发掘坑道。尼科见状皱起了眉头。

"他进入坑道后,我们就看不见他了。里面

太黑了。"他对姐姐耳语道。

没过多久,尼科担心的事情发生了——前方梅米特的身影消失了。偏偏在这时,一片乌云随风而来,遮住了满月,黑暗顿时笼罩了大地。简直伸手不见五指!

"也许他要把王冠藏在坑道里。"艾米低声说。她记得,姨父很早就关闭了坑道,因为里面的墙壁不牢固,随时都有塌方的危险。如果让工人们继续在那里作业,很有可能出现意外。不过,坑道也因此变成了一个绝妙的藏匿点,因为短期内不会有人进去。

"他也进去太长时间了。"尼科嘟囔道。

恰巧此时,坑道里响起了脚步声,尼科赶紧拉着姐姐躲进了灌木丛。他们刚藏好,就见梅米特从坑道里冲了出来,两手空空如也。王冠真的被他藏进了坑道里!

不翼而飞的宝藏

看到梅米特朝他们这个方向走来,艾米和尼科紧张得屏住了呼吸。幸好他从他们旁边匆匆经过,径直赶回了帐篷,丝毫没有注意到一直在跟踪自己的姐弟俩。

两人继续等了几分钟,直到确定梅米特走远,才松了口气,站起身来。

尼科拍了拍裤腿上的泥土,若有所思地望向坑道。

"现在一片漆黑,肯定什么也找不到,我们明天再来吧!"

梅米特为什么在里面待了那么久?艾米带着疑惑和尼科回到了住处,这个问题始终在她脑海里挥之不去,导致她一整晚都没睡踏实。第二天清晨,施里曼早起洗漱时,她立刻就醒了。

吃完早饭,终于可以自由活动了,姐弟俩二话不说,迅速冲向藏有王冠的坑道。

现在是大清早，工作时间还没到，发掘现场一个人影都没有。

他们来到坑道入口，尼科立刻就想冲进去，但艾米拉住了他，一个有趣的发现使她停下了脚步。

艾米发现了什么？

八 失而复得

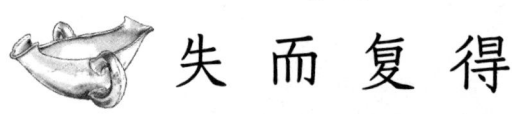

"看,这是个路标,绝对没错!"艾米说着,用手蹭了蹭墙上的标记,"是用粉笔画的。"

"会不会是姨父做的?"尼科凑近仔细看了看。标记很新,可坑道已经关闭好些天了,所以他最终断定是梅米特留下的。

"这应该是梅米特为了提醒自己把王冠藏在了哪儿而画的。"艾米推测。

"或者是在给同伙指路。"尼科补充道。

"那咱们赶紧找找还有没有别的路标。"

艾米一马当先,越过了隔离栅栏进入坑道,尼科紧随其后。

不翼而飞的宝藏

没走几步，艾米就在墙上发现了另一个路标。

"你看，这好像在指向前方，我们得继续向前走。"

两人越走越深，坑道里的氛围变得有些恐怖。看来，施里曼并不是一时兴起才关闭这里的，有几处墙壁已然倒塌，也许之前发生过惨烈的事故。

艾米打了个寒战，小心地放慢脚步，以免踏错踩空。地面上的灰尘越来越厚，散发着一股腐烂的味道。光线也越来越暗，她感觉四面八方有什么东西在注视着她。

"这儿又有一个路标。"半明半暗之中，尼科的声音响起，这让艾米感到些许心安。

"可这个路标是指向下面的，不像前几个是指向前方的。"

姐弟俩困惑地走上前。艾米蹲下身去，用双手小心地在地上摸索。尼科则盯着墙壁仔细观察，终于在靠下的位置有所发现。

"这儿有块石头是松动的，快来帮我！"他兴奋地说。

两人齐心协力地将那块石头往外抽，但又不敢太过用力，以免引起塌方，费了半天劲才终于把石头抽了出来，砰的一声扔到脚边。

不翼而飞的宝藏

尼科鼓起勇气，把手伸进面前黑漆漆的洞口里。片刻后，他兴奋地咧嘴大笑，从洞里取出了王冠。王冠终于失而复得！

"姨父他们肯定会开心得跳起来的！"艾米欢呼道。

"没错，不过咱们先赶紧离开这里吧！别被人抓到了。"

艾米把披肩解下来，小心翼翼地包好王冠。尼科把包裹接过去紧紧地夹在腋下，然后两人飞快地跑了出去。幸亏有路标，不然艾米以为他们再也走不出这迷宫般的坑道了。

坑道外，明亮的阳光让他俩头晕目眩。艾米忙眨了眨眼，好让自己尽快适应外面的亮度。他们现在可不想傻站在这里引人注目，更不想撞见梅米特！

不敢作任何停留，他们以最快的速度奔回

了住处。艾米一路提心吊胆,心脏简直都要跳出来了。直到关上身后的房门,她才松了口气。尼科把包裹放到床上,小心翼翼地从里面取出了王冠。艾米轻轻地捧起它,又拎到眼前仔细端详。

不翼而飞的宝藏

"它真的好美呀!"艾米再次被这件无价之宝折服。

"是呀,美得都招来了贼!我们得赶紧把它藏起来,万一梅米特发现王冠不见了怎么办?"尼科打断了陶醉中的姐姐,重新用披肩把王冠包起来,藏到了床底下。

"直觉告诉我,梅米特还有同伙。哎呀,我差点儿忘了!还有三个金镯也被偷走了呢!"艾米一拍额头,惊呼道,"也许它们也在那个洞里!"

"那我再去一趟坑道。"尼科说。

"你一个人?那太危险了。"艾米的头摇得如拨浪鼓一般。

"可是,得有人在这里守着王冠,它再被偷了怎么办?"

"不然我们先去找姨父吧,这样更稳妥一些,你说呢?"

艾米紧咬着下唇,她可不想让尼科一个人走进那昏暗危险的坑道。

"好吧,那我去找姨父。"尼科说着,一跃到了门口。

艾米坐在床上,看起来忧心忡忡。一想到可能有人在窥探,梅米特也随时可能冲进来抢走王冠,她就心神不定。

尼科给了她一个鼓励的微笑,然后匆匆出了门。

他四下寻找,可怎么也不见姨父和姨妈的身影,简直太奇怪了!

幸好,他遇到了波利,才终于得知,姨父和姨妈在罗加船长的船上,三人正商讨着如何安全地把宝藏运出去。

尼科陷入了两难。要跑到船上去吗?可那会花费很长时间。还是赶紧再去一次坑道?工

不翼而飞的宝藏

人们都在其他地方干活儿,梅米特被阿明派去归档文物,所以应该不会有人注意到自己。

只犹豫了短短一瞬间,尼科便转身奔向了坑道。

来到坑道口,他机警地停下来左右张望,确定四下无人后,一闪身溜了进去。

没走几步他就意识到,还是有姐姐在身边更让他安心。他的脚步声在坑道里低沉地回响,瘆人的黑暗从四面八方压迫而来。

也不知走了多久,他终于来到了标记的位置,尼科轻轻松了口气。

他蹲下身,在地上摸索了一阵,竟在一块石头下发现了一个小洞。他把石头移开,将手伸进了洞中。紧接着,轻微的叮当声从里面传来。

是金镯!还真被他找到了!

"太好了!"尼科低声欢呼,然后迅速取出金

镯，塞进了裤兜里。

　　刚要起身，他的手指偶然扫过地面，像是碰到了什么。他弯下腰，拾起了这个引起他注意的小东西。

　　"这可真是个意外之喜！"当他看清楚自己发现了什么时，他的嘴角露出了看透一切的微笑。

尼科发现了什么？

九 快 跑

艾米紧张地坐在床上,双腿盘起,眼睛一刻不停地在门窗之间来回扫视。

一个人待在屋子里,床下还有价值连城的王冠,这些都让她焦躁不安。她叹了口气,轻轻拂开额头上的一缕头发。正当她胡思乱想的时候,门被猛地推开了,砰的一声撞在墙上,着实把她吓了一跳。

艾米尖叫一声,差点儿从床上摔下去。刺眼的阳光从门外射了进来,她只看得到门框里有一个模糊的人影。

"有人在吗?"一个声音响起。

不翼而飞的宝藏

过了好一会儿,艾米才缓过来。原来是波利呀!

"你吓坏我了!"她按着胸口,大口喘气。

"真是抱歉。"波利答道,"我透过窗户看到床上有个影子,还以为是小偷儿呢!"

艾米终于恢复了平静,她跳下床,兴奋地朝波利招招手,示意他过来。

"看看我们发现了什么!"说着,她把王冠从床下拿了出来,迅速解开包在外面的披肩,既得意又期待地望向波利。

波利像石化了一样定在原地,两眼直勾勾地盯着王冠,震惊得说不出话来。

"怎么……从哪里……"他结结巴巴地问道。

"我们昨晚埋伏了起来,亲眼看到小偷儿是如何把它藏起来的,也可能是小偷儿之一,我们不确定他是否有同伙。"艾米解释道。

波利完全被搞糊涂了,他虔诚而又谨慎地摸了摸王冠,仿佛不敢相信它真的就在眼前。

"施里曼知道这件事情了吗?"他接着问。

艾米的脸有点儿发烫。她不得不尴尬地承认,偏偏姨父这个最重要的人还没收到通知。她

不翼而飞的宝藏

赶紧向波利解释,他们曾去找过姨父,但并未找到。

"那是时候再去找找了。这样吧,我来看守王冠,你出去找他。怎么样?"

听到这个提议,艾米如释重负地点了点头。方才的惊吓还没完全消退,她可不想再独自一人和王冠待在一起了。

她瞥了一眼正在抚摸王冠的波利,转身离开了屋子。来到发掘现场,她一边搜寻姨父,一边留意是否有尼科的身影。弟弟去哪儿了?他可千万别出什么事呀!姨父又在哪里呢?还在船上吗?希望不是,去那儿的路太远了,眼下可没有那么多时间。

宽大的裙摆使她能够大步向前,却也扬起了一路尘土,尘土尽数沾到了裙子上。"妈妈一定会生气的。"她虽然嘴上这么说,却跑得更快了。

毕竟，她妈妈远在希腊呢！

在同一时间，施里曼刚刚和妻子从港口返回发掘现场，他严肃的脸上写满了担忧。他眉头紧

不翼而飞的宝藏

锁，一只手不停地捋着自己的胡子。索菲娅似乎在沉思着什么，但一看到艾米，她的神色立马明亮起来。

"宝贝，你今天过得怎么样啊？尼科呢？"她轻抚着艾米的头发问。

艾米迅速看了下四周，确保没人偷听后，迫不及待地说："我们找到王冠啦！是梅米特把它藏了起来，就在那条已经关闭的坑道里。"

索菲娅浑身一颤，而她的丈夫似乎还没反应过来。他只是微微挑了挑眉，然后用温柔又镇定的声音确认道："慢些说。你们找到王冠了？它完好无损吗？"

艾米重重点了点头："虽然少了一部分部件，但那些部件也被我们找到了。"

"尼科在哪儿？"索菲娅警觉地追问。

"可能又去坑道了。他想看看其他被盗的东

西是不是也藏在那里。"

"他一个人进坑道了？！"施里曼无法再保持冷静，他一只手牵起艾米，另一只手拉着妻子索菲娅，匆忙朝坑道赶去。

他们很快到达了坑道，艾米把手挣脱出来，自告奋勇道："我认识路！"

她的眼中闪着跃跃欲试的光，当看到姨父一脸不信的样子时，她忍不住笑了起来。最终，施里曼拗不过她，答应让她在前面带路，不过命令她不能走太快。

坑道里回响起他们沉闷的脚步声。艾米一边找着墙上的路标，一边向前走，还顺便把那些路标的意思解释给姨父和姨妈听。

"我们就是顺着这些路标找到王冠的。"她话音刚落，突然听到身后传来微弱的脚步声。施里曼立即将食指放在嘴唇上，示意她们安静。

声音越来越近，逐渐响彻坑道。

"是雅尼斯和梅米特！"艾米紧张地小声说。

她通过口哨儿判断出来者之一是雅尼斯，又通过

低沉的音调判断出另一个人是梅米特。

施里曼默默点了点头,索菲娅则担心地四处张望。艾米打了个手势,带着他们朝坑道深处走去。

光线越来越昏暗,空气也越来越污浊,雅尼斯和梅米特在后面紧追不舍。"坏了,他们是冲我们来的!"艾米现在确定了。可尼科到底在哪里呢?

前面再拐一个弯就是发现王冠的地点了,三个人加快脚步,尽量不发出任何声音。

一转过弯,艾米猛地撞上了一个人。"尼科!"当她认出是自己的弟弟时,瞬间松了口气,而尼科却被吓得紧贴在墙边。

"别愣着了,后面有人追我们呢!"施里曼压低声音,急切地说。索菲娅回头瞄了一眼,不住地点头。

不翼而飞的宝藏

身后的脚步声明显急促起来。艾米不安地把头探过拐角向后张望,试图借着微弱的光线发现些什么。一瞬间,她终于看清了来人的样貌!果然是他们!

这时,梅米特也看到了她,用手指着她大喊:"马上停下!把王冠还回来!"

艾米吓得一缩头,整个人都僵住了。幸好施里曼临危不乱,一把将她拉到身边,带着大家朝坑道深处跑去。

"我知道怎么出去!我之前捡到了一张坑道地图,一定是梅米特丢的!"尼科边跑边气喘吁吁地说。

入口

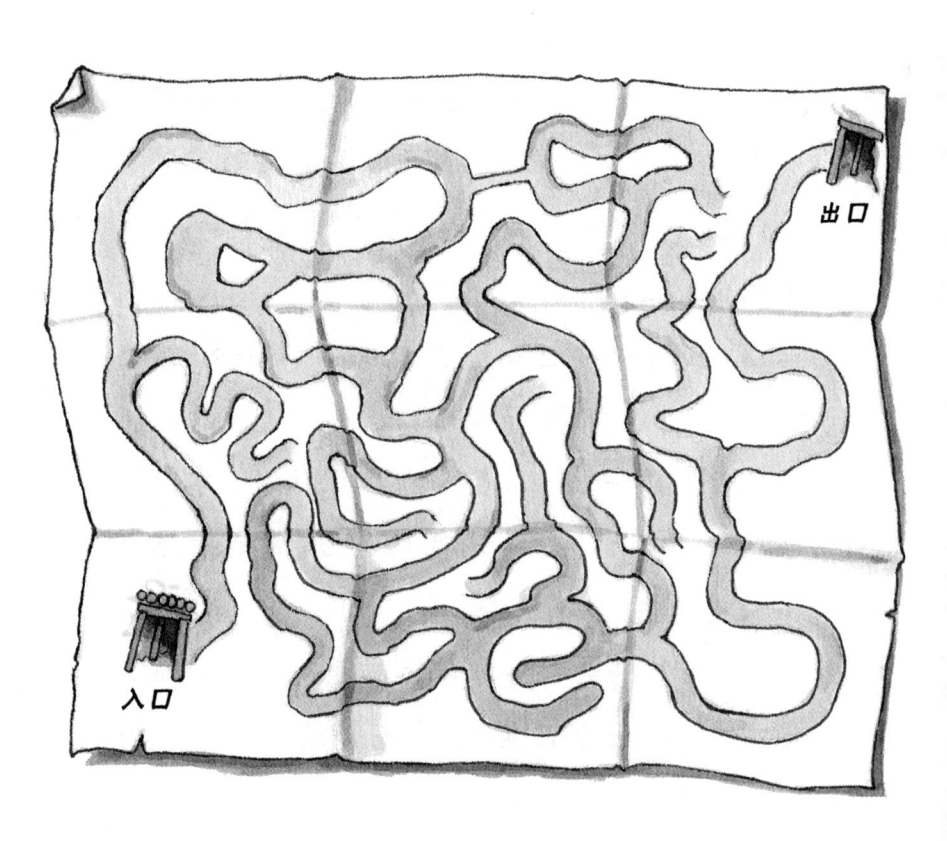

出口

最快逃离坑道的路是哪条？

十
力挽狂澜

大家紧随尼科前行,每向前一步,坑道就变得更幽暗、更曲折。施里曼对尼科在这种情况下还能保持冷静、认清道路,感到非常意外。

当终于看到坑道尽头的光亮时,艾米长长地舒了一口气。

身后梅米特的谩骂声还在不时传来,中间夹杂着雅尼斯的希腊语。这两个人还真是"坚持不懈"!

一行人跌跌撞撞地冲出迷宫般的坑道,在刺眼的阳光下产生了一瞬间的恍惚,但他们飞快地眨眼适应。

施里曼决定立即去找乔治。"他是发掘现场的总监工,一定知道怎么对付这些无赖!"他生气地吼道。

"他们马上追上来了。"艾米喘着粗气说。

108

不翼而飞的宝藏

"没事,他们不敢当着工人的面袭击我们!"索菲娅也气得咬牙切齿。经过刚才的一路逃跑,她的头发早已凌乱,直到现在她才有机会把它们捋到耳后。

然而,他们没想到梅米特和雅尼斯这两个家伙竟如此胆大妄为。他们说话间,那两人也冲出了坑道。

梅米特没料到施里曼一行人还待在坑道出口没走远,猝不及防地刹住了脚步。紧随其后的雅尼斯没反应过来,一下子撞到了他的背上,差点儿把他撞倒。梅米特没空去计较,他一个箭步挡在了施里曼的面前:"把王冠交出来!"

"真是笑话!"施里曼双臂交叉放在胸前,毫不退让地盯着梅米特。一旁的索菲娅则紧紧搂住尼科和艾米,三个人贴在一起。雅尼斯站在梅米特旁边,恶狠狠地盯着他们。

"雅尼斯,真没想到你和他是一伙的!"艾米跳到两个坏人面前,失望透顶地说。尼科虽不作声,但眼中满是被信任之人背叛后的失望与愤怒。

雅尼斯无所谓地耸了耸肩膀:"当厨子才能挣几个钱?而卖这顶王冠赚到的钱,够我花上一辈子了!买家我们已经找好了,请把王冠交出来吧!"

"王冠是我发现的!我有权决定它的去处!我会把它捐赠给我认可的国家!"施里曼寸步不让。

"客观来说,它属于土耳其政府。"梅米特的眼睛里闪烁着贪婪和狡黠。施里曼有些招架不住。

"如果我们把这件事情告诉阿明,你们就完了!土耳其政府会下令没收所有挖出的宝贝,你

不翼而飞的宝藏

们会两手空空地被赶出这个国家。"梅米特得意极了,他双手叉腰,感觉自己胜券在握。

"这太离谱了!"施里曼愤怒地吼道。他的声音越来越大,与雅尼斯和梅米特展开了激烈的

争论，引来了越来越多的关注。

索菲娅刚要提醒丈夫小声一些，就看到乔治被吵闹声所吸引，一脸好奇地走了过来。

"出什么事情了？需要帮忙吗？"他向施里曼问道。

"你来得正好！"施里曼说着，后退了两步。他总算可以在梅米特和雅尼斯的步步紧逼下喘口气，而那两个家伙还在得意地笑。他的大脑飞速运转着，不知该如何才能保住宝藏。乔治是自己人，他早知道了宝藏的存在，可如果阿明也发现了怎么办？

不远处有一群工人在干活儿，尼科不安地注意到，他们已经在狐疑地偷听了。

更让人紧张的是，阿明给这群工人交代了几项任务后，径直朝这边走来。

"怎么了？"他敏锐的目光在几人之间扫过，

不翼而飞的宝藏

最后停在了自己最信任的梅米特的身上。

梅米特咳嗽一声,一时不知该如何回答。如果把王冠的事情说出来,阿明肯定会把它上交给土耳其政府,那他和雅尼斯就一点儿好处都捞不到了。

"说呀!你们肯定有什么事情瞒着我!"阿明一边追问,一边用脚尖敲打着地面,这表明他已经很不耐烦了。

"施里曼是个小偷儿!他偷了属于政府的贵重宝物。"梅米特终于开口了,但他故意没有提王冠。

"所以我们想帮着追讨回来。"雅尼斯插了一嘴。

"简直是胡说八道!"施里曼更加愤怒了。他有发掘许可证,怎么可能是小偷儿?他只是不想让这批宝藏分开罢了,从没想过要把它们据为

己有。

于是，一场新的争吵爆发了，希腊语和土耳其语混乱地交织在一起。冲突的双方越靠越近，声音也越来越大，他们看起来随时可能动手。

眼看事情就要暴露了，尼科灵机一动，想到

不翼而飞的宝藏

一个能够力挽狂澜的点子。

他向艾米打了个手势,然后溜到了那两个坏家伙的身后。他飞快地从裤兜里掏出金镯,一只塞进了雅尼斯的裤兜里,另外两只放进了梅米特的裤兜里。这两人正吵得忘乎所以,根本没注意

到发生了什么。

"那儿怎么金光闪闪的呀?"看到一切准备就绪,艾米指着梅米特的裤兜叫道。

阿明后退一步,歪头定睛一看,一把抓住了梅米特的手腕。这个倒霉的家伙刚想为自己辩解,乔治抢先一步揪住了他的衣领。

"这不是之前发掘出来的文物吗?"乔治说着,从梅米特的裤兜里掏出两只金镯,递给了目瞪口呆的阿明。

"可别忘了他的同伙!"尼科"好心"地提醒大家,同时用手指了指脸色苍白、正要逃跑的雅尼斯。

阿明一个箭步挡住了雅尼斯的退路,迅速搜出来一个金镯。

"我现在以土耳其政府的名义宣布,你俩被逮捕了!"阿明严厉地说,然后在乔治的协助下

不翼而飞的宝藏

将两人押走了。

尽管还不明白这一切是怎么发生的,但施里曼和妻子都松了口气。

"我们得即刻带宝藏离开这里!"施里曼顾不上片刻停歇。他深知时间的紧迫性,快马加鞭地带领大家赶回了住处。

"王冠又不见了!"屋里传来尼科的惊叫。他方才率先冲进屋子去检查王冠,发现王冠又没了踪影。

"一定是波利!他说要看守王冠,可现在他和王冠都不见了!"

艾米一下慌了神儿。守护王冠本是她的任务,可她却把王冠托付给了波利。他应该很可靠才对呀!

艾米痛苦地叹息着,倒在了床上。另一边,尼科、施里曼和索菲娅忙去查看其余宝藏,发现

大部分都不翼而飞。

"一切努力都白费了!"施里曼万念俱灰,"这次发掘行动一定是被诅咒了,这是特洛伊的诅咒!"

"不,不是的!只怪我们动作太快了。"波利说着从门外走了进来。他得意地笑着,嘴角都快咧到耳根了。

施里曼刚要把波利抓过来问个明白,他已快步走到桌边,主动开口解释道:"你们争吵的声音太大了,我和罗加船长听得一清二楚。为了避免宝藏暴露,我们决定立刻把它们运到船上。这可真是个大工程啊!不过,大家都在津津有味地看你们吵架,根本没人注意到我们。"

原来如此!艾米悬着的心总算落了下来。她如释重负,又恢复了精神,干劲儿十足地帮着一起打包剩下的宝藏。

不翼而飞的宝藏

一切准备就绪，众人收拾好各自的行李，恋恋不舍地告别了特洛伊遗址。不久之后，罗加船长的船载着众人和普里阿摩斯的宝藏驶向雅典。

"我们的功劳也不小呢！"尼科自豪地说，艾米神采飞扬地冲他笑了笑。是呀，这真是一次美妙的冒险，而冒险的旅程还远未结束……

答案

一 / 小偷儿成患的遗迹

根据索菲娅之前的描述，一共新出土了二十二件文物，但现在露台上只有十九件文物，有三只青铜手镯不见了。

二 / 金子

偷看的人是梅米特，只有他戴着一顶显眼的宽边遮阳帽，从图中的影子能够辨认出来。

三 秘密

纸条上写着"王冠价值连城"。

四 我们该相信谁

艾米和尼科根本没提过丢失的是什么,雅尼斯却知道他们在找草图,他应该不知道这件事情才对。

五 灾难

尼科发现了王冠上的小部件,它被盖在右边的布下,但还是露出了一部分。

六

一筹莫展

尼科指的是梅米特和雅尼斯。只有他俩去过种植着大量甘草的地方（也就是士麦那的商人那里），因此他们之中至少有一个人一定来过这里。

七

暗夜追踪

艾米发现了墙上的那个奇怪的路标。

八

失而复得

尼科发现了雅尼斯的蛇角。只有雅尼斯的蛇角弯得像一张小小的弓。

九 / 快跑

出口

入口

海因里希·施里曼生平大事年表

1822年　出生于德国。

1831年　不幸丧母。

1836年　辍学后在一家杂货铺当学徒，几年后因肺疾不得不离职。

1842年　在一家贸易公司工作，在此期间学习了英语、法语、西班牙语、意大利语和葡萄牙语。

1844年　换到另一家公司工作，并学习了俄语。

1846年　公司派他前往俄国的圣彼得堡创办分公司，并让他代为管理，他借此契机成为一名商人。

1847年　获得俄国国籍，并自立门户，在圣彼得堡创办了自己的贸易公司。

1850 年　前往美国，创办了一家银行。

1852 年　返回俄国，并在莫斯科开设了一家贸易分公司。

1853 年—1859 年　学习了瑞典语、丹麦语、波兰语和斯洛文尼亚语。积累了大量的财富后，退出贸易行业，投身于考古事业，为此学习了现代希腊语、古希腊语和拉丁语。

1866 年　进入法国巴黎的索邦大学学习。

1868 年　在一次前往希腊的学术旅行中，来到了一个名为"希沙利克"的地方，认为这里就是荷马笔下的特洛伊城。

1870 年　完成了在索邦大学的学业。

1870 年—1873 年　在希沙利克进行发掘工作。

1873 年　发现了所谓的"普里阿摩斯宝藏"，并将其运出土耳其。

1874 年　支付给土耳其政府五万法郎，名正言顺地获得了"普里阿摩斯宝藏"。

1878 年—1879 年　对希沙利克进行了第二次发掘。

1882年—1883年　对希沙利克进行了第三次发掘。

1888年—1890年　对希沙利克进行了第四次发掘。

1890年　于11月进行了一次手术。因违反医嘱前往多地出差，导致身体情况越来越糟糕，最终于12月26日抱憾病逝。

海因里希·施里曼
——一生传奇的考古学家

虽然我的一生历经各种磨难,但我始终坚信特洛伊真实存在过,正是这个坚定的信念支撑着我。即使已年过半百,但我终于通过自己的能力实现了儿时的梦想。

——海因里希·施里曼

积累财富

施里曼从小就梦想着去寻找传说中的特洛伊城。他一遍又一遍地阅读荷马的《伊利亚特》，沉醉在希腊神话之中。他常常推想，这些神话英雄在现实中最有可能出现在什么地方。

但施里曼发现特洛伊遗址的道路并非一帆风顺。离开杂货铺后，他做过客船服务员。本想移民委内瑞拉，可他乘坐的船却在荷兰的一座岛屿附近搁浅了。他身无分文，饥寒交迫，无奈开始为一位阿姆斯特丹的商人打工。在那里，他过人的才智和超高的经商天赋都得到了充分发挥。仅仅用了四年，他就通过自学掌握了十四门语言。

后来，施里曼被公司派驻到俄国的圣彼得堡，并在那里进一步施展了自己的经商才能。他自立门户后，在美国创办了一家银行，因知晓如何快速致富，所以旅美不久便让自己的财富翻了一倍。从美国回到俄国后，他再次通过自己的经商头脑积累了大量的财富。

经历了各种起起伏伏后，施里曼决定关闭所有分公司，去追逐自己的童年梦想，踏上了考古之路。

饱 受 争 议

尽管施里曼才华横溢,他的发现也意义重大,但他一直饱受争议。那时,田野考古学尚处于萌芽阶段,只有少数人对此感兴趣,施里曼就是其中之一。但他非科班出身,虽饱含热情,但在发掘时由于过于鲁莽草率,导致很多宝贵文物被损毁,因此受到了很多专家的指责。此外,他早年还曾参与非法发掘,这也使他备受争议。

当然,他的贡献也不容忽视。他为考古学带来了一些新的研究方法,有些还被沿用至今,例如:通过小范围的探测发掘来对一块土地进行初步调查。

发现特洛伊

施里曼的巨大贡献之一是发现了传说中的特洛伊城。其实，他并不是第一个推测特洛伊城埋在希沙利克的山丘之下的人，但很多人在发掘的过程中都推翻了自己的猜测，施里曼却对此坚信不疑。

最初，公众对他的发现也持有怀疑，直到1873年，他发现了"普里阿摩斯宝藏"，才让公众相信他确实找到了特洛伊城的遗址。

在发掘过程中，施里曼始终以荷马在《伊利亚特》中对特洛伊的描述为依据，他自己也明确表示正是这本书为他指明了方向。

普里阿摩斯宝藏

普里阿摩斯是特洛伊战争发生时特洛伊的国王，帕里斯的父亲。

有人统计过，"普里阿摩斯宝藏"包含八千多件由黄金等贵金属制成的物品，其中最负盛名的便是故事中索菲娅试戴的那顶王冠。

后来，施里曼将这批珍宝存放在了德国柏林的皇家博物馆，但因为战争等情况，这批宝藏又辗转流落到了其他国家。

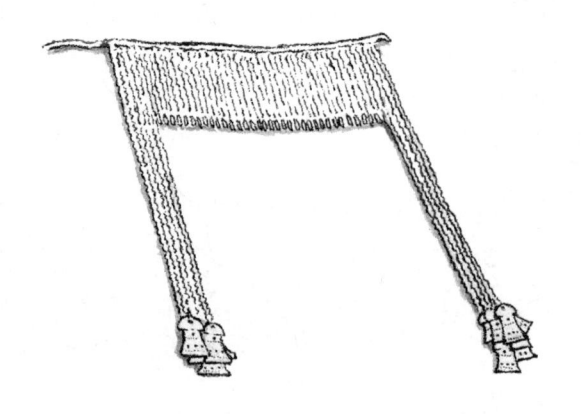

荷马与特洛伊战争

荷马是古希腊的盲诗人,但关于这个人的生平信息,我们能找到的少之又少,甚至对于历史上是否确有其人都有很大争议。

他的代表作《荷马史诗》由两部长篇史诗——《伊利亚特》和《奥德赛》组成,这两部作品陪伴并影响了施里曼一生。

《伊利亚特》主要讲述了古希腊人远征特洛伊的故事:特洛伊的小王子帕里斯将"世上最美的女人"海伦带回了特洛伊,导致这座城市被围困了十年。

其实,所有这一切都源于一场婚礼。众神之王宙斯的孙子佩琉斯要迎娶女神忒提斯,希腊众神都受邀出席,包括天后赫拉、智慧女神雅典娜、爱情与美丽的女神阿佛洛狄忒,但负责管理纠纷的女神厄里斯没有被邀请。

厄里斯心怀愤恨并决定报复,她将一个刻有"献给最美的女神"字样的金苹果带到了婚宴上。

赫拉、阿佛洛狄忒和雅典娜这三位女神为了得到金苹果而争吵不休,她们都认为自己是"最美的女神"。

为了平息纷争，宙斯将裁决权交给了帕里斯。于是，三位女神都来贿赂他。赫拉说要让他统治世界上最富有的国家，雅典娜说要让他成为最有智慧的人，阿佛洛狄忒则说要给他世上最美的女人。

最后，帕里斯把金苹果交给了阿佛洛狄忒，也因此得罪了另外两位女神。

阿佛洛狄忒信守了自己的诺言，让海伦与帕里斯相爱，帕里斯把海伦从斯巴达带到特洛伊。

斯巴达国王怒火中烧，联合其他希腊城邦，组成了希腊联军，前去攻打特洛伊。不料，特洛伊的防御工事坚不可摧，他们攻打了九年都没能将其攻打下来。

于是，希腊联军设下了著名的"木马计"：建造一匹巨大的木马，选出一些勇猛的战士藏在里面，然后佯装撤退，再让潜伏在特洛伊的间谍哄骗特洛伊人将木马拉进城中。

他们的计划顺利进行，在一个深夜，希腊战士里应外合，突袭城池，特洛伊最终陷落。

当施里曼发掘出他所认为的斯坎门和普里阿摩斯宫殿时，发现它们与《伊利亚特》中的描述相当吻合。由此他得出结论,《伊利亚特》的内容,至少就地点和建筑而言,是极具真实性的。

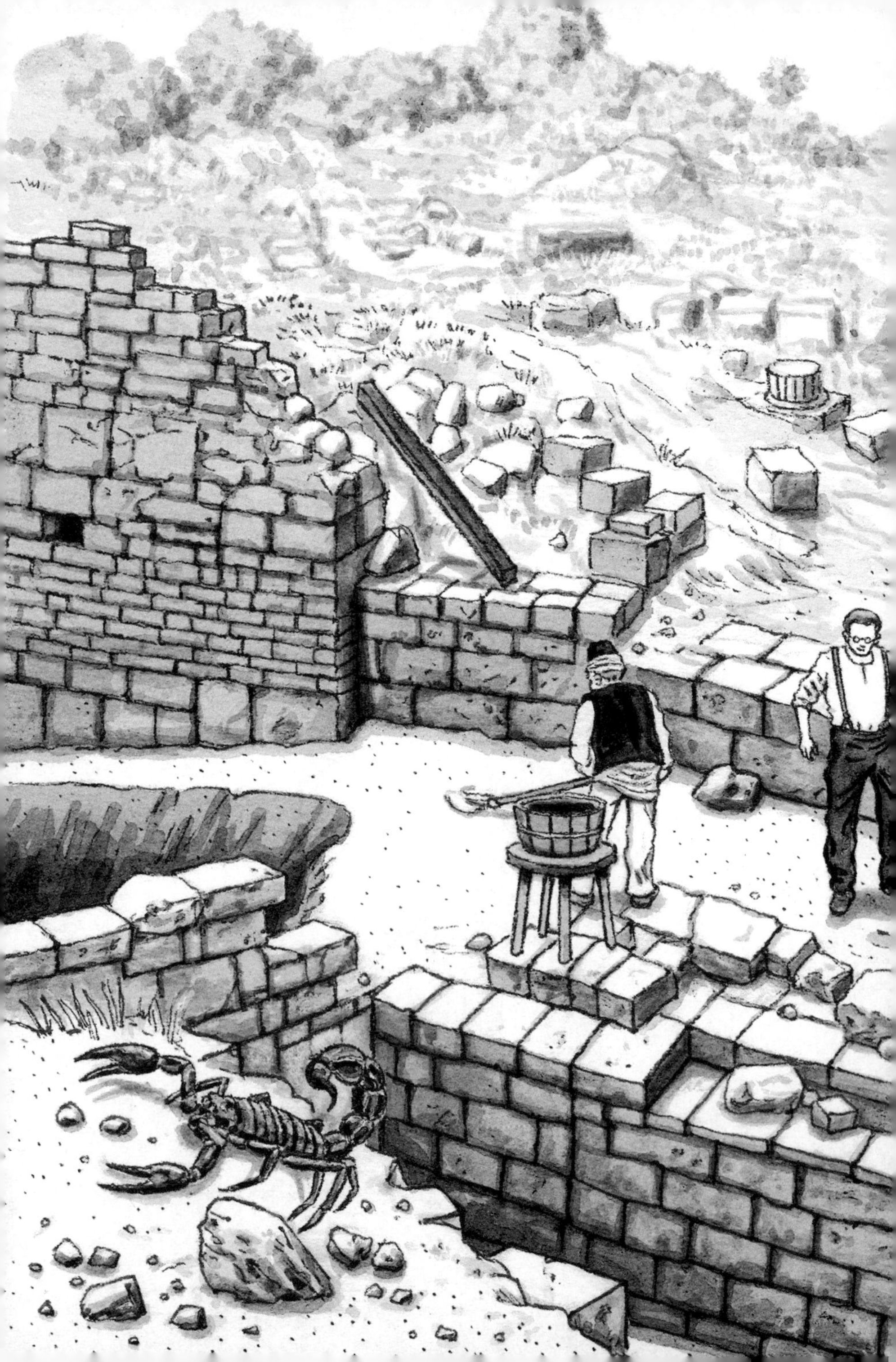

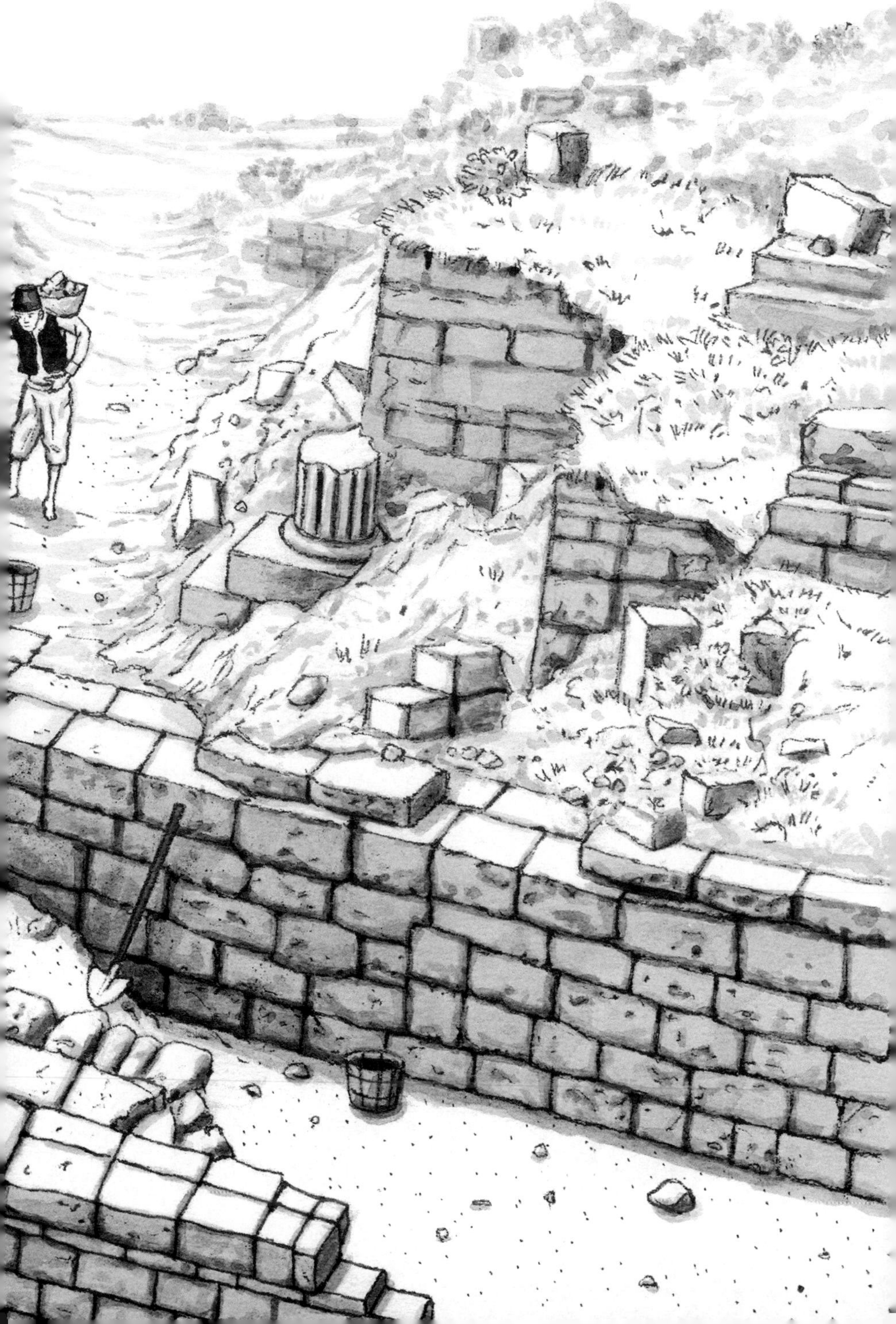